貓兒房

事務所

1 宮貓出任務

作者／兩色風景　繪圖／鄭兆辰

石鼓

石鼓的身體強壯，但長相凶狠，而且脾氣火爆，容易衝動。

他有一個可愛的妹妹，叫做釉子。出於保護妹妹的責任感，石鼓練就了一身高強的武藝，尤其特別喜歡以棍棒作為兵器。此外，他還有一些不為人知的小祕密，比如他最不願意承認的弱點竟然是怕老鼠。

釉子

　　釉子的世界很單純，小時候的記憶裡幾乎只有哥哥——石鼓。她希望自己有一天能成為成熟穩重、能力超強的「御姐」。另外，她還有一個非常厲害的天賦——超大力！

尺玉

　　尺玉很有正義感，決定做一件事之前不會張揚，腦子卻轉得飛快，常常「不鳴則已，一鳴驚人」。他思考問題時總要吃點東西，思路才會順暢。平時會用一把紅傘作為武器。

琉ㄌㄧㄡˊ璃ㄌㄧˊ

　　琉ㄌㄧㄡˊ璃ㄌㄧˊ是ㄕˋ一ㄧ隻ㄓ身ㄕㄣ材ㄘㄞˊ苗ㄇㄧㄠˊ條ㄊㄧㄠˊ、貌ㄇㄠˋ美ㄇㄟˇ如ㄖㄨˊ花ㄏㄨㄚ、冷ㄌㄥˇ若ㄖㄨㄛˋ冰ㄅㄧㄥ霜ㄕㄨㄤ、能ㄋㄥˊ力ㄌㄧˋ極ㄐㄧˊ強ㄑㄧㄤˊ，遇ㄩˋ到ㄉㄠˋ再ㄗㄞˋ大ㄉㄚˋ的ㄉㄜ˙困ㄎㄨㄣˋ難ㄋㄢˊ也ㄧㄝˇ不ㄅㄨˊ會ㄏㄨㄟˋ退ㄊㄨㄟˋ縮ㄙㄨㄛ的ㄉㄜ˙橘ㄐㄩˊ貓ㄇㄠ。外ㄨㄞˋ冷ㄌㄥˇ內ㄋㄟˋ熱ㄖㄜˋ的ㄉㄜ˙她ㄊㄚ無ㄨˊ法ㄈㄚˇ抵ㄉㄧˇ擋ㄉㄤˇ小ㄒㄧㄠˇ動ㄉㄨㄥˋ物ㄨˋ散ㄙㄢˋ發ㄈㄚ出ㄔㄨ來ㄌㄞˊ的ㄉㄜ˙萌ㄇㄥˊ系ㄒㄧˋ光ㄍㄨㄤ波ㄅㄛ，只ㄓˇ要ㄧㄠˋ看ㄎㄢˋ到ㄉㄠˋ受ㄕㄡˋ傷ㄕㄤ的ㄉㄜ˙小ㄒㄧㄠˇ動ㄉㄨㄥˋ物ㄨˋ，她ㄊㄚ一ㄧˊ定ㄉㄧㄥˋ會ㄏㄨㄟˋ救ㄐㄧㄡˋ助ㄓㄨˋ。不ㄅㄨˊ過ㄍㄨㄛˋ她ㄊㄚ也ㄧㄝˇ有ㄧㄡˇ迷ㄇㄧˊ糊ㄏㄨˊ的ㄉㄜ˙一ㄧˊ面ㄇㄧㄢˋ，比ㄅㄧˇ如ㄖㄨˊ是ㄕˋ個ㄍㄜˋ路ㄌㄨˋ痴ㄔ……

西ㄒㄧㄕㄢ山

西ㄒㄧ山ㄕㄢ是ㄕ一ㄧ名ㄇㄧㄥ學ㄒㄩㄝ者ㄓㄜ，致ㄓ力ㄌㄧ於ㄩ科ㄎㄜ技ㄐㄧ與ㄩ發ㄈㄚ明ㄇㄧㄥ，對ㄉㄨㄟ故ㄍㄨ宮ㄍㄨㄥ的ㄉㄜ一ㄧ切ㄑㄧㄝ都ㄉㄡ如ㄖㄨ數ㄕㄨ家ㄐㄧㄚ珍ㄓㄣ。他ㄊㄚ很ㄏㄣ喜ㄒㄧ歡ㄏㄨㄢ和ㄏㄜ晚ㄨㄢ輩ㄅㄟ貓ㄇㄠ貓ㄇㄠ們ㄇㄣ交ㄐㄧㄠ流ㄌㄧㄡ，經ㄐㄧㄥ常ㄔㄤ耐ㄋㄞ心ㄒㄧㄣ的ㄉㄜ講ㄐㄧㄤ歷ㄌㄧ史ㄕ故ㄍㄨ事ㄕ給ㄍㄟ他ㄊㄚ們ㄇㄣ聽ㄊㄧㄥ，也ㄧㄝ喜ㄒㄧ歡ㄏㄨㄢ從ㄘㄨㄥ他ㄊㄚ們ㄇㄣ那ㄋㄚ裡ㄌㄧ了ㄌㄧㄠ解ㄐㄧㄝ現ㄒㄧㄢ在ㄗㄞ流ㄌㄧㄡ行ㄒㄧㄥ的ㄉㄜ事ㄕ物ㄨ。

日暮

　　日暮是一隻體型中等偏胖的狸花貓，身體非常健康。年輕時的日暮對古蹟、文物等很感興趣，但不受拘束的性格與愛好自由的天性，讓他在很長一段時間內不斷嘗試新事物，卻找不到貓生努力的方向。直到遇見當時也還年輕的西山，加入考察團後，日暮從此一展所長，現為貓兒房事務所最強的外援。

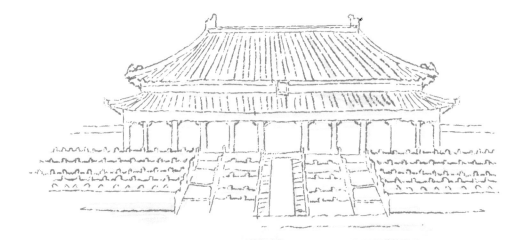

引　子

假如，我是說假如。

假如你有一艘飛船，你一定願意乘坐它遨遊宇宙。

那你就有機會見到形形色色的奇妙星球。其中一顆，或許就與我們的故事有關。

漆黑寧靜的太空像一塊布幕，上面印著一個貓爪。

不，仔細一看，那並不是貓

爪印。 讓飛船靠近一點，你會發現那竟然是一顆星球！

貓爪星，如此獨特的造型，很難不引起經過遊客的興趣，包括你在內。 來都來了，當然要去看一看囉！

你的飛船開始降落，穿過大氣層，受到貓爪星的重力支配……

這顆可愛的蔚藍星球，在你的飛船雷達上慢慢展開一幅前所未見的地圖。

地圖上的一個綠點，恰好在飛船的正下方，那是一個叫做平原國的國家。

用望遠鏡觀望一番，你會看到現代與古代交錯的風貌。 雕梁

畫棟中聳立著電線桿的蹤影，汽車喇叭間不乏悠然行走的轎子，翱翔天際的飛船旁還有以風箏飛天的奇人異士……

這個地方似乎什麼都有可能發生。

你會感到陌生，這是難免的。但不要緊，有一個名字會將你喚醒——

故宮。

平原國裡竟然有故宮？是的，仔細俯瞰那建築物的外觀，和地球上的中國故宮相似度高達百分之九十！

你會吃驚到不能接受嗎？我想不會。畢竟，宇宙之大，無奇不有。

繼續轉動望遠鏡，讓你的視野更加遼闊，真正值得震撼的事才要到來。你將發現，地球上讓無數人愛不釋手的寵物，竟是主宰這顆星球的高級生物——

貓。

貓爪星的居民似乎全員皆貓，包含你叫得出和叫不出品種的所有貓！他們直立行走，高談闊論，從穿著打扮到言行舉止，儼然都是人類的模樣。

現在，我親愛的朋友，你應該收起望遠鏡，從飛船下來，親自到這裡的故宮走一走，在熟悉又陌生的環境中，感受全新的體驗。

在故宮，你會遇到一群與眾

不同的貓，他們各司其職，有些在「御膳房」掌勺，有些在修繕處修理文物，有些在「文淵閣」整理古籍，有些會帶你參觀宮內每一個角落……

他們有一個共同的稱謂——宮貓。

在平原國，這可是最光榮的身分之一！

然而，天外有天，貓外有貓，在已經很獨特的宮貓中，還有一群更獨特的存在，他們能力獨特、使命獨特，連機構名稱都那麼獨特——

貓兒房事務所。

來吧！推門進去，你不會願意錯過這個平原國赫赫有名的神

祕密機構。

　　你將看到一隻高大壯碩的大貓，他叫石鼓。石鼓身邊多半有一位玲瓏的貓少女，那是他最疼愛的妹妹——釉子，兄妹倆正是貓兒房事務所的當家。在辦公室電腦後面忙碌的老貓，是被譽為貓兒房事務所「頭腦」的西山老師。

　　試著呼喚他們吧！像你本來就是慕名而來一樣，而他們會熱情的問：

　　「有什麼心願，需要我幫你實現嗎？」

第一章

我叫小魚乾

　　平原國最近天氣都不太好，今天總算放晴了。

　　太陽掀開密雲的一角，散發出的光芒，為大地鍍上一層黃金。一向懶洋洋的晨間時光，在陽光下也顯得分外有活力。車聲、鈴聲、腳步聲、鳥鳴聲、掃帚觸地聲、大門開啟聲、油鍋沸騰聲……熱熱鬧鬧的飄蕩在大街

小巷。

在這其中，最多的聲音當然還是——貓的叫聲。

「美味又營養的早餐！關愛貓舌，全部都是涼的！喵！」

「小姐，做個美甲吧？現在加入會員還送貓抓板喔！喵！」

「您好，我是『九條命保險』公司的業務員。世事無常，我們不能白死！喵！」

......

那些高矮胖瘦的身影，抖動著黑白藍橘的毛皮，慵懶或敏捷的活動著，一如既往的拼組出生活中最可愛的模樣。

儘管街上貓多勢眾，可當石鼓走在其中，還是散發出「鶴立

雞群」的氣勢。

宮貓石鼓，體型壯碩，他的背部和尾巴都呈黑色，但下巴、胸膛、肚皮與四肢卻又一片雪白，正是「烏雲罩雪」的經典毛色。然而，他那粗野的雲紋眉、凶悍的豹眼、蟹殼形的臉、猙獰的闊嘴，以及若隱若現的尖牙，都宣告這是一張不折不扣的反派臉。再配上他健壯的身材，殺傷力倍增，可以讓哭鬧的小孩立刻變乖。

與石鼓形成強烈反差的，是待在他身旁的釉子。

貓少女釉子正值青春年華，一身純白如雪，尾巴尖端上卻又冒出一撮嬌俏的黃色，好似一支

金簪插在銀瓶中。釉子的臉蛋有點嬰兒肥，增添了惹貓憐愛的指數，拖曳在地的宮裙與臂彎間的長條披帛，更賦予她小仙女般的氣質。

大多數的貓第一次見到石鼓和釉子時，都不相信這是一對兄妹，反而會覺得他們是綁匪和貓質的關係。

釉子穩穩的坐在石鼓肩頭，一邊看路，一邊扮演導航。

「老哥，在前方的路口左轉，我已經看到半坡街的路牌了。」

「好。」石鼓聽話的照辦。

過了一會兒，一條老街匍匐在他們面前。

　　半坡街依山而建，長著苔蘚的青石板路緩慢的往高處延伸。路的兩側皆是木造建築，綠樹環繞，散發出好聞的植物氣息。一些屋子門口有貓居民在晒太陽，他們或翻著肚皮，或蜷縮成團，顯得相當慵懶，而他們身上的粗布衣裳則和這條街呈現出的樸實氛圍十分相襯。

　　這一帶是郊區，石鼓和釉子不常來，此番到訪，不用說，一定是為了執行貓兒房事務所的任務。

　　貓兒房事務所是一個以實現委託者「心願」為己任的機構，只要客戶提出的委託符合規範，無論它有多困難，貓兒房事務所

第一章
我叫小魚乾

都將全力以赴去完成。

　　就像這次，他們接到住在半坡街的花捲老太太的請求，希望能欣賞花卉。雖然正值早春，天氣十分寒冷，無花可看，但貓兒房事務所中最高齡也最睿智的成員西山卻認為那不成問題，反而問題是要怎麼找到花捲老太太。

　　「唉！上了年紀難免糊塗，來信地址只寫了『半坡街』三個字，連門牌都沒有，要怎麼找啊？」石鼓抱怨道。

　　「當然只能一個個問囉！」釉子說完，便落落大方的詢問一位路過的貓居民：「你好，請問你認識一位名叫花捲的老太太嗎？」

貓居民打著哈欠，搖了搖頭。

「出師不利。」釉子並不氣餒。「走吧！繼續問。」

兄妹倆順著半坡街沿途打聽，但這片街區地廣貓多，僅憑一個名字，實在不容易找到一位老太太。

然而，在經過一條窄巷時，石鼓和釉子的耳朵不約而同的聽到「花捲」二字。他們對視了一眼，立刻循聲而去。

只見巷子裡有一群貓正在吵架，確切的說，是幾隻貓圍著一個貓小子在叫罵。

「你有種再說一遍！」

「再說一遍！」、「說一

遍！」、「說！」……

被回音般的立體聲環繞著的，是一位年輕的貓小子。這名貓小子身披青灰色短毛，潔白的雙眉像是兩片小雲，容貌俊美。最吸引貓的地方，則是他背上揹著一把紅色的油紙傘。

圍著貓小子叫囂的是一群流裡流氣的貓，他們渾身上下的毛又髒又油，為首的黑貓更是蓬頭垢面。

石鼓和釉子發現，那群貓手中帶著野炊的材料──這個提兩條魚，那個抓兩把柴。黑貓正裝模作樣的拿著一支打火機把玩，讓打火機的火苗忽明忽滅。

「你們要我再說一遍？當然

沒問題。我說……」貓小子緩緩開口：「天乾物燥，小心把你的貓頭燙成麻花捲！」

說完，貓小子像拔劍出鞘一樣，迅速抽出背後的紅傘，自下而上輕輕一挑，擊中了黑貓的手背，那打火機旋轉著飛起，貓小子又像擊劍般用傘一戳，打火機立刻四分五裂。

憤怒的流爛貓們（流裡流氣且性格爛）見情勢不對，一擁而上！

眼看貓小子快被圍毆，卻見他足尖輕點，好似一支風箏輕盈的向後飄去，一下子就拉開了自己與流爛貓們的距離。然後，他握緊手中的傘，嘴角勾起一絲笑

容……

咚！

一觸即發的貓小子和流爛貓們都愣住了。

惡鬥瞬間停止，因為一塊大石頭砸在他們中間，宛如一堵粗糙的牆隔開了紛爭。

雙方立即轉頭朝大石頭飛來的方向看去，只見一個魁梧的貓大漢及一位甜美的貓小妹。

「是誰——」一隻流爛貓正想要威風，但是當他看清石鼓的臉之後，就飛速用舌頭把後面的話捲回嘴巴裡。

石鼓的五官組合起來就是標準的「凶神惡煞」，由於執行貓兒房事務所的任務而留下的一道

道傷疤更是觸目驚心。釉子嬌弱無害的模樣，則充分襯托出石鼓臉上那股殺氣。

「彪哥！」有一隻流爛貓對為首的黑貓說：「那……那兩個傢伙好像是……宮貓！」

聽見「宮貓」兩個字，一直波瀾不驚的貓小子，瞳孔裡有光芒閃過。

「公貓？那有什麼稀罕的，我們有誰不是公的？」彪哥惱羞成怒的回答道。

「宮貓是指故宮裡的貓啦！我聽說故宮裡那個叫貓兒房事務所的地方，就有這麼一個大個子的貓……」

流爛貓們嘀嘀咕咕一陣後，

又開始端詳那塊大石頭。

流爛貓們心想：那塊大石頭有幾公斤啊！能把它像顆籃球一樣丟過來的對手，惹得起嗎？

「不好意思，嚇到你們了。」釉子輕鬆一笑，拍了拍手上的灰。「但是，你們聚眾打架是不對的。」

流爛貓們如遭雷擊，這才明白，大石頭竟是這個看似柔弱的美少女扔過來的！正常情況下，這種事應該由她旁邊那位大個子來做才對吧！

「你們的表情彷彿在說『不服』……」石鼓不動聲色的秀了一下他出眾的肱二頭肌。

流爛貓們顯然不認為自己比

石頭更難丟，只好化力氣為怨氣，一個接一個瞪貓小子，嘴裡還念著：「算你走運！」、「這次是看在宮貓的面子上！」、「下次……」

貓小子不為所動，只是面露嘲諷的表情。

「等一下。」石鼓忽然提高音量，叫住流爛貓們。

「又有什麼事？走都不行嗎？」彪哥故作凶狠。

「剛才是不是有誰提到一位叫花捲的老太太？」

貓小子聽到這句話，響亮的「噗」一聲笑了出來，然後指著彪哥說：「你聽錯了，不過這位差點就可以做個滿頭花捲的年輕

『太太』了。」

彪哥氣得想回頭教訓貓小子，但石鼓卻像趕蒼蠅那樣對彪哥揮了揮手。「既然不知道，那你們可以滾了。」

趕走流爛貓們後，石鼓無奈的對釉子說：「浪費時間。看來我們還得好好找找。」

「沒關係呀！和無頭蒼蠅一樣亂走，也會有收穫的。」釉子笑咪咪的看著貓小子。「就像剛才，我們碰巧阻止了一場不必要的紛爭。」

「哼！沒有你們幫忙，那些傢伙也不能拿我怎麼樣。」貓小子冷冷的說。

「你怎麼這樣說話呢？」石鼓氣得想上前理論。

「老哥，管好你的情緒！情緒！」釉子出聲提醒。她的音量不高，但石鼓根根炸起的毛卻瞬間服貼下來。不過，他看貓小子

的眼神還是十分不悅。

　　貓小子毫不畏懼，輕鬆的從口袋裡掏出一把小魚乾，先丟了兩條到自己嘴裡，然後分一些給釉子：「吃不吃？」

　　「不了，謝謝。」釉子說：「剛才那些貓和你有什麼過節嗎？」

　　「談不上過節，只是那些傢伙整天不務正業，橫行鄉里，這麼樸實的地方都不能阻止他們給貓添麻煩。」貓小子不屑道：「剛剛要不是我出手，他們肯定開始烤魚了，稍有不慎，這裡就會變成一片火海。」

　　石鼓趕緊四處張望，發現周遭環境果然有許多安全隱患：

「沒想到你挺熱心的。不過看你這樣子，不太像喵京的本地貓啊！」石鼓邊說邊打量貓小子。

「小子，你是哪兒來的貓？」

「首先，我不叫小子。」貓小子瞪了石鼓一眼，將一條小魚乾如拋物線般送入口中。「這裡的貓叫我——小魚乾。」

「噗！瞧你這乾癟的身材，這名字取得還真是……」石鼓剛要嘲笑小魚乾，卻見一旁的釉子插腰看著自己，急忙收起笑容。「真是有內涵啊！」

小魚乾沒有理會，又說：「我的確不是本地貓，只是暫時住在這裡，不犯法吧！」

「暫時是什麼意思？你在旅

行嗎？ 還是無家可歸流浪到這裡？」釉子好奇的追問。

小魚乾卻不打算再聊下去，他舉起傘，指了個方向。

「你們要找的花捲老太太，就住在街尾那棟樓的頂樓。」小魚乾又說：「找不到就問別隻貓『磨牙樓』怎麼走。」

這個訊息讓石鼓兄妹喜出望外，石鼓心直口快的問：「真的假的？ 你沒騙貓吧？」

小魚乾翻了個白眼。「你們是貓兒房事務所的心願官吧？ 花捲老太太那封信，是我幫她投遞的。 早知道她會邀請你們來，我就幫她寫清楚寄件地址了。」

「花捲老太太沒有邀請我

第一章
我叫小魚乾

們，是我們……」

釉子剛想解釋，小魚乾就打斷道：「我沒興趣知道。不過我要提醒你們，她獨居，而且行動不方便。雖然那棟樓有一部外掛式電梯，但是又舊又慢，否則也不需要我幫忙了……總之，我是想說，你們事情辦完就趕快走，別影響她休息。」

交代完畢，小魚乾轉身就走。

「裝模作樣，其實還挺關心老貓的嘛！」石鼓對小魚乾有了幾分欣賞，朝他的背影喊道：「謝啦！哥們兒！」

小魚乾頭也不回，像沒聽到似的。

039

「小魚乾哥哥，哪天想安定下來，可以來故宮找我們喔！」釉子也喊了一聲。

小魚乾的步伐慢了一拍，卻仍舊沒有回頭，只是反手對他們揮了揮，就離開了。

「妹妹，你居然邀請他進宮！」石鼓有些酸溜溜的對釉子說：「還叫他哥哥！對那傢伙的印象這麼好啊？」

「當然啦！因為他比哥哥你可——靠——多——了——」釉子淘氣的說。

石鼓的胸腔響起了心碎一地的聲音。

第二章

驚險的火災

　　雖然小魚乾為他們指明了方向，但半坡街的獨特地形不只彎彎曲曲，還四通八達，石鼓兄妹明明記得自己是往上走，可是走著走著卻險些開始下坡，像是在走迷宮一般。

　　還好，繞著繞著，總算靠近了目的地。

　　沿著坡勢分布的低矮平房，

在街尾靠山處崛起成樓。那棟與山相鄰的舊樓，就像一位傷痕累累卻仍然倔強站崗的老兵。

「老爺爺！」石鼓一邊擦汗，一邊問一位正在屋頂上舔胳膊的老貓。「磨牙樓是不是那一棟啊？」

「對。」老貓抬了抬圓眼鏡。「就是冒煙的那一棟。」

「太好了！總算找到了！」石鼓欣慰的說：「人家都已經在生火做飯了，我們也許能免費吃一頓呢！」

「哥哥，你別這麼厚臉皮！」釉子剛說完，忽然想起什麼。「等等，生火做飯？那棟樓有煙囪嗎？」

釉子迅速在石鼓肩膀上站直，定睛細看後大叫：「糟糕！那不是炊煙，是著火啦！」

兄妹倆如臨大敵，急忙趕了過去。

他們都是身經百戰的宮貓，在拜訪半坡街的這一路上，最大的感觸就是這裡一旦發生火災，後果將不堪設想。因為這些狹窄的路顯然不能讓消防車開進來，只能由消防員拉著水管進入，可是消防栓的數量又明顯不足……

沒想到，那些擔心居然這麼快就「成真」了！

石鼓兄妹來到磨牙樓的時候，煙霧更濃了，火勢蔓延得比

想像中快。　在這片欠缺規劃的區域，　太多房屋擠在一起，　使用的建材都已有了年分，　加上乾燥的季節，　充分滿足了「火燒連營」的條件。

　　好多貓居民從樓中屁滾尿流的逃出來，　因為坡勢陡峭，　有些貓跑著跑著就變成在滾，　「喵喵」的哀號聲不絕於耳，　不同花色的毛皮都染上了黑斑，　散發出焦味。

　　石鼓托著釉子站在原地，　好似激流中的一塊礁石，　這時，　突然有幾隻貓迎面衝來，　一隻撞上石鼓的胸膛，　後面的貓也接連撞成一團。　「唉唷！」、「唉唷！」、「唉唷！」　……

第二章
驚險的火災

　　石鼓一把將趴在自己胸前的黑貓揪起來：「逃命也得注意安全啊！你們沒被燒死，難道想被踩死嗎？」

　　那群貓正想散開，卻被釉子察覺身分：「等等，你們是——」

　　石鼓這才發現，他們就是剛才和小魚乾起衝突的流爛貓們，而撞他的正是黑貓彪哥。

　　「你們剛才不是在下面嗎？什麼時候跑上來的？」石鼓納悶的問。

　　釉子忽然大聲喊道：「是你們縱的火？」

　　彪哥全身發抖，這罪名大得讓他無法承受，急忙拼命擺手：「不是縱火！我不是故意的！是

045

……是突然來了一陣風，把火花吹進一疊舊報紙裡……」

「這樣還敢走了之？」石鼓氣得大吼。

流爛貓們被逼急了，怪叫著一起撲向石鼓，分別纏住他的四肢，彪哥也孤注一擲的擊向他的腦袋。

「喵了個咪！」石鼓大叫一聲，雙臂一振，用兩隻纏住他胳膊的貓當作貓掌，做出拍掌的動作，夾扁了衝上來的彪哥，再把三隻貓一起砸在抱住他雙腿的貓身上。

不到一秒，五隻貓就眼冒金星，暈成一團。

「哥哥，別和他們浪費時間

了！」釉子一邊說，一邊垂下一隻手。

釉子的臂彎間總是繞著一條披帛，就像電視上仙氣飄飄的天女一般。現在她將披帛抓在手裡，舞得虎虎生風，然後朝那五隻貓一甩一捲，有如一位高明的牛仔，將他們捆成一束。石鼓把他們丟在一堵牆下，說：「待會兒再收拾你們！」

這麼一耽擱，磨牙樓的情況更糟了，不只是黑煙沖天，還能從窗戶看到裡面張牙舞爪的火焰。

就像小魚乾說的，這棟年代久遠的大樓本來有一部架設在外側的外掛式電梯，但現在顯然是

指望不上了。住得高又來不及逃生的貓都被火與煙困在家裡，只能趴在窗邊絕望的呼救。

「跳下來！」石鼓用雙手圈在嘴邊，朝上方喊話：「你們快跳下來！」

別說那些貓居民聽不清楚，就算聽清楚了，他們也未必會採納這種冒險的建議。

眼見勸說無效，石鼓閉了嘴，然後深吸一口氣，四肢展開，朝地上一躺，形成一個貓形的安全氣囊——他豐厚的皮與蓬鬆的毛都柔軟而充滿彈性。

「別怕，我哥哥會接住你們的！」釉子指著石鼓喊道。

受困的貓居民看見變形的石

鼓模樣確實令人安心，加上熱浪與黑煙已不容他們猶豫，於是紛紛咬牙跳了下來。

「嗚啊啊啊啊 ——」

魂飛魄散的哀鳴到了最後，都變成一聲令人心安的「砰」，石鼓穩穩的接住每一隻貓。他以自己豐滿的身軀為緩衝，雙臂牢牢抱緊每一位驚魂未定的貓居民，讓他們在一秒內從地獄回到貓間。當然，每位貓居民與生俱來的著陸天賦也有一定的幫助。

得救的貓居民們涕淚縱橫，抓著石鼓拼命道謝，而石鼓與釉子只是不斷問著：「還有誰沒下來嗎？上面還有貓嗎？」

火焰猶如可怕的惡魔抓住樓

身，越爬越高……如果還有誰沒下來，現在大概也來不及了吧！

「那位花捲老太太逃出來了嗎？」釉子毫無把握。

這時，一個輕盈的身影落在他們身後。

「沒有！她還在上面！」

兄妹倆回頭，異口同聲的大

喊：「小魚乾！」

「你怎麼知道花捲老太太還在上面？」石鼓焦急的問。

「我一看到著火，就立刻趕了過來。」小魚乾說：「這些居民一慌張就顧不上其他貓，所以我剛才一直在維持秩序，避免發生踩踏情形，也順便留意我認識的幾位行動不便的老貓在不在。」他將目光投向磨牙樓最高處。「我沒看到花捲老太太，而且她是獨居，也許現在已經缺氧昏迷了！」

半坡街的貓居民一部分逃走了，一部分趕來看熱鬧，一部分則急著取水搶救家園。有位貓叔叔聽見小魚乾和宮貓的對話，湊

過來說：「花捲？那位老太太就住在我樓上，我跳下來之前好像還聽見天花板上有動靜……」

看來花捲老太太的確還在樓上！

只聽見「嘩啦」一聲，小魚乾奪過一位貓居民手中的水桶，將自己澆溼。

「等等，你要……」釉子猜到了他想做什麼。

「當然是要上去。」小魚乾抹了一把溼漉漉的臉。

「現在上去是送死！」釉子嚴肅的說。

「難道要讓花捲老太太等死嗎？」小魚乾的語氣裡沒有一絲商量的餘地。

　　釉子和石鼓無話可說。「我的輕功不錯。」小魚乾安慰他們：「只要跑快一點，應該能在被烤乾前趕到樓頂吧！」

　　釉子想了想：「慢著！我有更快的辦法送你上去。」

　　「嗯？」

　　怪力少女釉子一把將小魚乾舉過自己的頭頂。

　　小魚乾張大了嘴，不敢相信在她這麼嬌小的身體裡，竟藏著如此驚人的神力！而且釉子舉起他不會比伸個懶腰更費力。

　　「祝你好運！」釉子如同擲標槍一樣，把小魚乾朝磨牙樓的頂樓拋過去。

　　小魚乾覺得自己變成了穿雲

箭，風在耳邊呼嘯，不過眨眼間的工夫，他就被拋到了頂樓。小魚乾靈巧的一甩尾巴，凌空翻了個筋斗，從窗戶進入火煙四起的房間。

看到小魚乾成功登頂，樓下響起一陣歡呼。

然而好幾分鐘過去，他卻沒有如想像中那樣俐落的撤離。

「不好！」石鼓語氣嚴肅。「火場溫度高，煙又大，他該不會被困住了吧？」

釉子四處張望，焦急萬分。

他們雖然已經通知了消防隊，但等消防員趕到這裡顯然還需要一點時間。

釉子看到那些守著幾個水龍

頭，杯水車薪的向火場潑水的貓居民，突然靈光一閃。

「妹妹！」釉子轉頭，只見石鼓不知從哪裡揹來一口大水缸，吃力的放在她面前。

原來是兄妹倆心有靈犀，釉子立刻懇求所有貓居民：「請幫我裝滿這口水缸！」

「你要做什麼？」一位貓阿姨疑惑的問：「難道你們覺得自己能滅火？」

釉子斬釘截鐵的說：「滅不了火也不能放棄，還有兩條性命在上面！」

釉子用清脆悅耳的聲音說出這樣堅定的話，使聽見的貓紛紛一愣，隨後立刻照辦。

貓居民將各種容器盛滿水，倒進水缸裡，某處的水龍頭也接上塑膠水管，緩慢的輸來水流。

水缸漸漸被填滿，終於有貓問：「這麼大的一口缸，要怎麼搬到上面去？」

釉子說：「不需要搬上去。」

她盡量張開雙臂，抱住比她還高的水缸，用一種好似要開懷暢飲的架勢舉過頭頂，醞釀片刻後，雙臂奮力一甩，竟將滿滿一缸水化作一道氣勢如虹的水柱，直劈向磨牙樓的頂樓！

釉子的腳下甚至出現一個因為用力踏地而迸裂出的「蜘蛛網」。

第二章
驚險的火災

「喵嗚嗚嗚嗚——」目睹此情此景的貓居民,對釉子佩服得五體投地。

晶瑩的水柱強勢鎮住了火魔,終於,小魚乾一肩扛著花捲老太太,出現在滴滴答答淌著水的窗口。

小魚乾的臉上沒有任何遮擋物,唯一一塊溼潤的毛巾給了花捲老太太,讓她掩住口鼻。他們看起來灰頭土臉,所幸都還活著。

「真是多管閒事。」小魚乾用舌頭舔了舔剛被釉子潑溼的毛。「不過……也的確幫了大忙!」

之前,小魚乾澆溼了自己後

便衝入火海，但那點兒水一下子就蒸發了。房子正在坍塌，視線又受阻，等找到花捲老太太，進來的入口已被大火封住，強行穿越恐怕會燒到老太太……

正當小魚乾猶豫的時候，就來了一場及時雨。

現在總算能逃走了！

啪啦、啪啦、啪啦……

天花板與牆壁開始分崩離析，這裡已經是恐怖的煉獄。

「無論發生什麼事，我都會保護您。」小魚乾輕聲對肩上的花捲老太太說，然後單臂環緊她的雙腿，義無反顧的朝窗外跳下去！

雖說是死裡逃生，不過小魚

乾的動作依然輕盈瀟灑，不但不狼狽，反而表現出一股自信。

但那裡可是有七層樓高啊！

「不好，他們會摔死的！」在樓下圍觀的群眾忍不住躁動。

「老哥，快接住他們！」釉子的聲音因為焦急而變得尖銳。

石鼓緊盯著落下的兩隻貓，就像是要搶籃板球的運動員，全身的毛已然蓬起，再度化身為緩衝墊——

這時，從天而降的小魚乾卻抽出背上的紅傘，再從容的打開，下墜的速度頓時慢了下來，彷彿張開了降落傘。

啪噠！

　　小魚乾單腳穩穩著地，蓄勢待發的石鼓兄妹則英雄無用武之地。

　　「喵喵喵喵……」歡呼聲與掌聲如海嘯般襲來，欣喜若狂的貓居民好像忘記家園發生了火災。

　　小魚乾把傘收起後，小心翼翼的放下花捲老太太。

　　數張關切的面孔圍了上來，花捲老太太鬆開緊握毛巾的手，睜開迷濛的雙眼，露出一個虛弱的笑容。

　　救護車與消防車的鳴笛聲終於響起了……

第三章

花捲老太太的心願

在魚鬆醫院，花捲老太太的病房外，石鼓、釉子和小魚乾正坐在一塊兒等候。

花捲老太太已經接受了檢查，性命無虞。多虧火災剛發生時，她就躲進廁所裡，而小魚乾的營救也來得及時，因此老太太奇蹟般沒有燒傷，也沒有吸入過多煙霧，但是飽受驚嚇的她仍然

需要好好休息。

　　牆上的壁掛電視正在報導火災的新聞：「……大火已被撲滅，受傷的貓也都就近送醫，值得慶幸的是沒有出現死亡案例。此事引起各方重視，半坡街或許會迎來一波改造……」

　　「喵了個咪，那就好！」石鼓看得連拍大腿。

　　「怎麼沒有我這個無敵酷炫大帥貓的英雄報導？」小魚乾望眼欲穿的說。

　　釉子收起手機，換上認真的表情，像極了一個在扮家

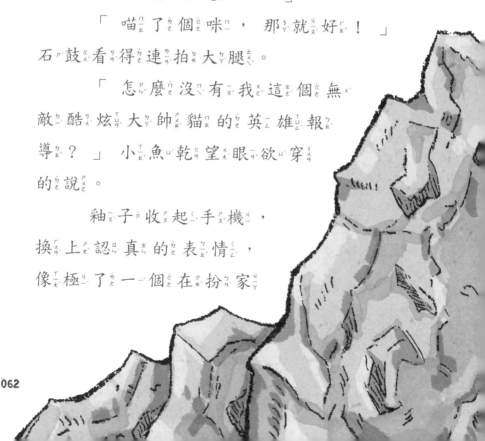

家酒中扮演老師的孩童。「小魚乾哥哥，我一直找不到機會和你說……」

「誇獎的話就不必啦！」小魚乾擺擺手，往嘴裡塞進一把小魚乾。

「不是——」釉子拖長聲音。「我想說的是，你當時太亂來了！如果跳下來的時候，傘折壞或破掉了該怎麼辦？你應該先和我們打聲招呼呀！」

「就是啊！」石鼓附和：「如果救出了老太太，卻在著陸時一命嗚呼，那就太可笑了！」

小魚乾聽著嘰哩呱啦的訓話，忍不住滿臉黑線，說道：「我的傘可不是一般的傘，結實

得很！而且你們不是也反應很快？一下就做好接我的準備了。我其實早就知道，就算著陸失敗，有你們在就死不了。」

石鼓和釉子本來還想說什麼，但聽到最後一句，雙雙打消念頭。石鼓自言自語道：「這麼說來，我們配合得還不錯呢！」

三隻貓都笑了，默契十足的抬起手，把拳頭碰在一起。

「是這裡吧？」

伴隨著一個沉穩的聲音，一名老貓由遠而近的走向石鼓三貓。他一手提著一個黑色包包，另一手愜意的摸著兩撇白鬍子，見三貓望過來，便露出親切的笑容。

第三章
花捲老太太的心願

「老爺子，你來了！」石鼓立刻上前打招呼。

「喵呵呵！看到你們活躍的表現，年輕真好啊！」老貓西山的精神很好，口吻卻故作老態。

釉子向小魚乾介紹：「這位是西山爺爺……不，老師！他是我們貓兒房事務所的最強後勤！」

小魚乾對他點了點頭，西山似乎什麼都知道的說：「這位就是幫了大忙的少年英雄吧？真是有勇氣又帥氣！」

「老爺子，你這樣誇獎就偏心了。」石鼓不滿的說。

「喵呵呵！我們家大鼓也很有勇氣啊！」

065

「我說的偏心是指『帥氣』！從沒聽你誇過我帥！」

「老哥，說這種話只會讓你離帥氣更遠喔！」釉子事不關己的笑著說。

聽到釉子的話，石鼓默默在嘴巴上比了個拉拉鍊的動作，讓釉子和西山都笑了。一旁的小魚乾看在眼裡，微微露出羨慕的表情。

「該辦正事了。」談笑片刻後，西山很自然的改變話題。「設備我帶來了，現在方便幫客戶實現心願嗎？」

病房裡適時響起花捲老太太的聲音，釉子趕緊請護理師過來幫忙。護理師入內確認後，出來

告訴眾貓：「患者狀況不錯，你們可以進去探望她了。」

看到西山一副躍躍欲試的樣子，小魚乾不禁問道：「你那包包裡裝的是什麼東西？」

「花捲老太太的心願是觀賞故宮裡的花卉，但現在不是合適的季節。」西山提了提手中的包包。「於是我們想了另一個方式來實現她的心願，那就是請她欣賞以花木為主題的文物，畢竟故宮本來就是文物的殿堂。」

「所以裡面裝的都是文物？」小魚乾盯著西山手上的包包看。

「不是，文物不能帶出故宮，而且花捲老太太行動不便，

也不好請她進宮。」西山像撥弄琴弦一樣,撩動著一邊的鬍子。「但排除萬難也要讓客戶的心願實現,這正是我們貓兒房事務所的拿手好戲。」

他們推門進入病房,換上一身病服的花捲老太太正拿著一杯水,用舌頭一下下輕舔水面,她見到大家立刻激動起來,甚至想爬起身,不過被及時攔住了。

「我的救命恩貓們……」

石鼓聲如洪鐘,謙虛的說道:「您在說什麼呢!我們是要幫您實現心願的宮貓,除此之外沒有別的身分。」

西山則把剛才對小魚乾說的話重複了一遍:「……鑑於這個

季節沒有合適的花卉……」

「沒關係、沒關係。」花捲老太太頻頻擺手。「那只是一個無足輕重的心願，他都不在那麼久了，或許這也是天意吧！」

「不是無足輕重吧？」小魚乾忽然開口，在場的貓都看向他。「我在廁所裡找到您的時候，地上有一個相框，應該是您進去避難時拿的。您在那麼危急的時刻還不忘帶上它，那個相框對您的意義肯定很不一樣。」

花捲老太太眼眶微微泛紅，微笑道：「那是我和老伴的合照，他走得早，就只剩下那麼一張……我們從年輕時就住在磨牙樓裡，其實好多貓都勸過我，一

個老貓住在那種地方，既不安全也不方便，可我就是捨不得與他的回憶……現在好了，給大家添了這麼多麻煩，連和他的照片都沒保住……」

「誰說的？」小魚乾從懷裡掏出相框。「我知道這對您非常重要，所以就隨手拿了。抱歉，一直沒機會給您。」

花捲老太太激動的接過相框，手指小心翼翼的撫過照片上的貓老伴，淚流不止。

「還記得他說過無數次想和我去故宮，說那裡有這世間最與眾不同的花。可是那時我們貧窮又忙碌，永遠有做不完的事，導致我們不得不中斷計劃。我們就

一次次想著：下次吧！下次一定可以去……直到那天，他出差前和我約定，回來後要排除萬難，一起去看花。但是他這一走，就再也沒回來了……」

大家靜默的看著相框，泛黃的照片裡，是一對年輕貓夫妻依偎在一起，露出幸福的笑容。

「之後，我也想過獨自去故宮，欣賞我們沒能一起去看的世間珍奇，卻每次走到半路又折返回來，都記不清有多少回了。現在，我的身體越來越差，再不去也許真的沒有機會了，於是我鼓起勇氣請貓兒房事務所幫忙。誰能料到計劃趕不上變化，世事永遠都是那麼殘酷……」

　　如今，大家都明白了花捲老太太在這個時節還要賞花的願望從何而來，感情最豐富的釉子甚至鼻尖變得溼漉漉的。

　　「我們永遠不知道明天和意外哪個先來臨，所以更要抓緊時間，珍惜所有，及時行樂，不留遺憾。」西山平靜而擲地有聲的說。

　　小魚乾忽然覺得自己的心跳加快了。

　　西山打開手中的黑色包包，裡面是一部筆記型電腦，他又從包包的一個夾層裡拿出一副眼鏡，讓花捲老太太戴上，而年邁的貓女士也充滿信任的照辦了。

　　小魚乾注視著西山做的一

切，完全摸不著頭緒。石鼓對他指了指電腦螢幕，只見螢幕上出現了花捲老太太的身影，她顯得有些手足無措。

「這就是花捲老太太現在看到的畫面，她一定覺得很奇怪，怎麼突然來到這樣的環境。」石鼓對小魚乾說：「這是 VR，也就是虛擬實境的技術，你聽說過嗎？就當成可以讓你置身幻境的神器吧！」

小魚乾充滿期待的點點頭。

此時，VR 世界裡的花捲老太太平靜了下來──因為重頭戲開始了。

虛空中，浮現出一幅巨大的卷軸，緩緩打開，竟是一幅以工

筆畫畫法繪成的〈百花圖〉。畫師的技藝高超，僅以濃淡水墨，便勾勒出自然界的活色生香。

花捲老太太被畫卷上的群花環繞，梅花、芍藥、薔薇、梔子、玉蘭、萱花、荷花、菊花、桂花……無不令她看得入迷。

不久，〈百花圖〉遁入黑暗中，取而代之的是另一幅畫著花的圖，西山介紹：「這幅畫叫做〈梅花繡眼圖〉……」

接連看過幾幅花木繪卷後，破空而現的載體發生了變化，出現了一件件帶有花紋的瓷器：纏枝菊花紋斗笠碗、剔紅菊花圓盒、青玉菊瓣盤……器物本身已柔潤秀美，棲身其上的小花更發

揮點睛之效，婀娜中不乏婉轉。

　　之後，還有紋飾著花朵的織繡、漆器、屏風、圖書等文物粉墨登場，豐富程度令貓目不暇給。即使不看螢幕，也能從現實中花捲老太太的臉上，看到合不攏嘴的喜悅表情。

　　釉子輕輕碰了石鼓和西山，讓他們看一旁的小魚乾，只見他時而看花捲老太太，時而看電腦螢幕，興奮的程度竟比花捲老太太有過之而無不及。

　　「我有一個想法。」釉子輕聲說。

第四章

加入貓兒房事務所

　　小魚乾發覺有誰在輕扯自己的衣角，一看是石鼓兄妹。他們做出噤聲的手勢，讓小魚乾和他們到病房外面。

　　小魚乾一邊往外走，一邊為自己剛才的投入感到害羞，為了避免尷尬，他故作好奇的問：「你們完成一次委託收多少錢啊？」

「談感情多傷錢啊！」石鼓嫌棄的說。

「是『談錢多傷感情』！」釉子糾正哥哥，同時對小魚乾解釋：「賺錢不是我們的目的，幫助客戶實現心願，收穫有情有義的故事，就是最好的報酬。」

「所以是免費的？那你們靠什麼維生啊？」

「你問這麼多，是想委託我們，還是想來應聘？」石鼓故意說道。

小魚乾頓時無言以對，眺望著窗外遠處的一抹紅霞，過了一會兒才說：「隨便問問而已……對了，叫我出來有什麼事嗎？」

釉子歪頭道：「是想問——

我們等一下就回去了，你呢？」

小魚乾像是這才回歸現實，臉上有稍縱即逝的迷茫，然後無所謂的說：「我就……到處走走吧！本來我住在半坡街的一處空房裡，但現在應該不適合回去了。」

「你果然是流浪貓嘛！」石鼓說。

「你要這麼說也沒錯。」小魚乾沒好氣的回答。

「既然這樣，你要不要加入我們？」

小魚乾愣了一下，才開口問道：「你是說……當宮貓？」

「對呀！不只是住進故宮，更是成為貓兒房事務所的一

員！」

小魚乾竟然有些結巴：「你們覺得……我合適？」

「怎麼不合適？你的功夫那麼好！」釉子肯定的說。

「跑進火海救貓這種事，就算是我也得想想呢！你卻毫不猶豫就去做了。」石鼓說：「雖然有我們兄妹當後盾，可是也很不得了啊！」

「最重要的是，你看到花捲老太太實現心願時的笑容非常真誠，你是真心會因為客戶的幸福而幸福的貓，這太重要了！」釉子說。

「我從沒聽我妹妹這麼誇過誰，你想讓她白誇嗎？就說加不

加入吧？」石鼓進入威脅模式。

　　小魚乾終於回過神來，他顯然正壓抑著激動的情緒，努力用雲淡風輕的語氣回答：「哼！你們也真是少見多怪，我的本事比

天上的星星還多，只是小露幾手就讓你們震撼成這樣？而且我還有很多想做的事呢！」

儘管小魚乾嘴上這樣說，心裡卻不斷迴盪著西山剛才說過的話——不留遺憾、不留遺憾、不留遺憾……

「但是看在你們這麼有誠意的分上，我就勉為其難試個兩天好了。先說好，我只是為了有地方吃飯和睡覺喔！」

短短兩句話，竟讓小魚乾漲紅了臉，不過他也如釋重負的咧嘴微笑。

石鼓摩拳擦掌道：「喵了個咪！加入我們有這麼委屈嗎？讓我用拳頭和你談談……」

「糊塗哥哥，你這是什麼觀察力啊！」釉子笑著拍了哥哥一下，卻不小心用力過猛，使石鼓像陀螺一樣旋轉，差點原地起飛。

「等等，我現在既然是宮貓了，有必要讓你們重新認識我。」小魚乾若有所思的摸摸下巴。

他很正式的整理了儀容，一手按在胸前，聲音響亮的說：「小魚乾只是我行走江湖的綽號，我的真名叫做尺玉，請多指教！」

「這個名字真好聽！尺玉哥哥，歡迎你加入貓兒房事務所！」釉子高興的說。

「又是小魚乾，又是『吃魚』，你這貪吃貓不如加入御膳房好了！」好不容易結束旋轉的石鼓，眼冒金星的插嘴。

「喵！不是吃魚，是尺玉！尺玉！再亂說，小心我教訓你啊！」

「你居然出言不遜！來來來！讓前輩我教你做貓！」

「老哥，管好你的情緒！情緒！」

……

病房內，西山聽著外面的動靜，摸鬍子的手指更起勁了。「喵呵呵！貓兒房事務所要變得更有活力了嗎？我也要開始準備考題啦！」

貓兒房小知識

見 021 頁

原文

　　宮貓石鼓，體型壯碩，他的背部和尾巴都呈黑色，但下巴、胸膛、肚皮與四肢卻又一片雪白，正是「烏雲罩雪」的經典毛色。

貓兒房小知識

　　古人根據貓的特殊毛色和花紋，為貓取了很多專屬名稱。例如《在園雜志》記載：「明時內官家喜蓄貓，各給以美名。如純白者，名一塊玉。身黑而腹白者，名烏雲罩雪。黃尾白身者，名金鉤掛玉瓶。」《貓苑》記載：「通身白而有黃點者，名繡虎。身黑而有白點者，名梅花豹，又名金錢梅花。黃身白肚者，名金被銀床。若通身白而尾獨黃者，名金簪插銀瓶。」

清〈貓石圖〉卷
中國故宮博物院館藏

見 047 頁

原文

　　釉子的臂彎間總是繞著一條披帛，就像電視上仙氣飄飄的天女一般。現在她將披帛抓在手裡，舞得虎虎生風……

貓兒房小知識

釉子的造型是參考唐朝的仕女。

披帛是古代女子服飾上的配飾，為輕薄的絲織品，其布幅較窄，但長度較長，使用時多將其纏繞在雙臂，多為室內用。

美麗的大唐女子在站立時，披帛自然下垂如潭水靜謐，走動時飄逸舒展如風拂楊柳，動靜相得益彰。這種附加的配飾，延伸了身體的視覺效果，它的出現不是為了實際用途，僅僅是為了營造生動活潑、婀娜多姿的外形及氛圍。

唐〈三彩女立俑〉
中國故宮博物院館藏

見 073 頁

原　文

　　虛空中，浮現出一幅巨大的卷軸，緩緩打開，竟是一幅以工筆畫畫法繪成的〈百花圖〉。畫師的技藝高超，僅以濃淡水墨，便勾勒出自然界的活色生香。

貓兒房小知識

　　〈百花圖〉卷，宋，紙本，墨筆，縱 31.5 公分，橫 1679.5 公分。

　　此圖的畫面上，花鳥之間穿插自然，毫無牽強拼湊之意，其間又點綴蜂、蚊、蜻蜓、蝴蝶、游魚、青蛙等生物，顯得生意盎然。全卷純粹使用水墨繪製，亦以墨線勾勒而不上色的畫出花卉，體現出宋代用工筆畫描繪花鳥時精密的畫風。又以單純的水墨代替豔麗的色彩，呈現出清淡典雅的情趣。

宋〈百花圖〉 卷（局部）

中國故宮博物院館藏

見 074 頁

原文

　　接連看過幾幅花木繪卷後，破空而現的載體發生了變化，出現了一件件帶有花紋的瓷器：纏枝菊花紋斗笠碗、剔紅菊花圓盒、青玉菊瓣盤……器物本身已柔潤秀美，棲身其上的小花更發揮點睛之效，婀娜中不乏婉轉。

貓兒房小知識

　　〈斗彩描金纏枝花紋碗〉，清咸豐，高 5.8 公分，口徑 10.5 公分，足徑 4.8 公分。

　　此碗內外及圈足內均施予白釉，碗內光素無紋飾，外壁以斗彩描金裝飾。此碗在施彩技法方面也獨具特色，即外壁六朵花均循青花輪廓線再勾描金彩，金彩的使用協調了各種彩料之間的關係，避免不同色彩間的對比過於強烈，使畫面顯得柔和悅目。

清〈斗彩描金纏枝花紋碗〉
中國故宮博物院館藏

國家圖書館出版品預行編目（CIP）資料

貓兒房事務所 1 宮貓出任務 / 兩色風景作；鄭兆辰繪 .
-- 初版 . -- 新北市：大眾國際書局股份有限公司 大邑
文化 , 西元 2024.2
96 面；15x21 公分 . --（魔法學園；10）
ISBN 978-626-7258-58-3（平裝）

859.6   112020759

魔法學園 CHH010

貓兒房事務所 1 宮貓出任務

作　　　者	兩色風景
繪　　　者	鄭兆辰

總　編　輯	楊欣倫
副　主　編	徐淑惠
執　行　編　輯	邱依庭
封　面　設　計	張雅慧
排　版　公　司	菩薩蠻數位文化有限公司
行　銷　業　務	楊毓群、蔡雯嘉、許予璇

出　版　發　行	大眾國際書局股份有限公司 大邑文化
地　　　址	22069 新北市板橋區三民路二段 37 號 16 樓之 1
電　　　話	02-2961-5808（代表號）
傳　　　真	02-2961-6488
信　　　箱	service@popularworld.com
大邑文化 FB 粉絲團	http://www.facebook.com/polispresstw

總　經　銷	聯合發行股份有限公司
	電話　02-2917-8022　　傳真　02-2915-7212

法　律　顧　問	葉繼升律師
初　版　一　刷	西元 2024 年 2 月
定　　　價	新臺幣 280 元
I　S　B　N	978-626-7258-58-3

大邑文化讀者回函

謝謝您購買大邑文化圖書，為了讓我們可以做出更優質的好書，我們需要您寶貴的意見。回答以下問題後，請沿虛線剪下本頁，對折後寄給我們（免貼郵票）。日後大邑文化的新書資訊跟優惠活動，都會優先與您分享喔！

✍ 您購買的書名：_____

✍ 您的基本資料：

　　姓名：_____，生日：____年____月____日，性別：□男　□女

　　電話：_____，行動電話：_____

　　E-mail：_____

　　地址：□□□-□□_____縣／市_____鄉／鎮／市／區

　　　　　　_____路／街_____段_____巷_____弄_____號_____樓／室

✍ 職業：

　　□學生，就讀學校：_____，_____年級

　　□教職，任教學校：_____

　　□家長，服務單位：_____

　　□其他：_____

✍ 您對本書的看法：

　　您從哪裡知道這本書？□書店　□網路　□報章雜誌　□廣播電視

　　□親友推薦　□師長推薦　□其他_____

　　您從哪裡購買這本書？□書店　□網路書店　□書展　□其他_____

✍ 您對本書的意見？

　　書名：□非常好□好□普通□不好　　封面：□非常好□好□普通□不好

　　插圖：□非常好□好□普通□不好　　版面：□非常好□好□普通□不好

　　內容：□非常好□好□普通□不好　　價格：□非常好□好□普通□不好

✍ 您希望本公司出版哪些類型書籍（可複選）

　　□繪本□童話□漫畫□科普□小說□散文□人物傳記□歷史書

　　□兒童／青少年文學□親子叢書□幼兒讀本□語文工具書□其他_____

✍ 您對這本書及本公司有什麼建議或想法，都可以告訴我們喔！

_____

_____

_____

大邑文化

220-69

新北市永和區三民路二段 37 號 16 樓之 1

收件人姓名：

□□□-□□   縣/市   鄉/鎮/市/區

路/街   段   巷   弄   號   樓/室

寄件人地址：

無法投遞
免貼郵票
郵資由受信人支付
郵政劃撥存款 987 號

服務電話：（02）2961-5808（代表號）

傳真專線：（02）2961-6488

e-mail：service@popularworld.com

大邑文化 FB 粉絲團：http://www.facebook.com/polispresstw